PYRAME ET THISBE.

TRAGEDIE.

LES ACTEVRS

THISBÉ.

PYRAME.

BERSIANE.

NARBAL.

LIDIAS.

LE ROY.

SYLLAR.

DISARQVE.

DEVXIS.

LA MERE DE THISBÉ, ET SA CONFIDENTE.

LE MESSAGER.

ACTE PREMIER

THISBE', BERSIANE,
NARBAL, LIDIAS,
LE ROY, SYLLAR.

SCENE I.

THISBE', BERSIANE.

V bruit & des fascheux auiourd'huy separée,
Ma seule fantaisie auec moy retirée,
Ie puis ouurir mon ame à la clarté des Cieux,
Auec la liberté de la voix & des yeux,
Il m'est icy permis de te nommer Pyrame,

Il m'est icy permis de t'appeller mon ame,
Mon ame, qu'ay-ie dit? c'est fort mal discourir,
Car l'ame nous fait viure & tu me fais mourir.
Il est vray que la mort que ton amour me liure,
Est aussi seulement ce que i'appelle viure,
Nos esprits sans l'Amour assoupis & pesans,
Comme dans vn sommeil passent nos ieunes ans,
Auparauant qu'aimer on ne sçait point l'vsage
Du mouuement des sens ny des traicts du visage,
Sans ceste passion les plus lourds animaux,
Cognoistroient mieux que nous & les biens & les maux.
Nostre destin seroit comme celuy des arbres,
Et les beautez en nous seroient comme des marbres,
En qui l'ouurier grauant l'image des humains,
Ne sçauroit faire agir ny les yeux, ny les mains.
Vn bel œil dont l'esclat ne luit qu'à l'aduanture,
C'est comme le Soleil que cachoit la nature,
Auparauant qu'il fust entré dans ses maisons,
Et qu'il peust discerner la beauté des saisons.
Moy ie croy seulement depuis l'heure premiere
Que l'Amour me toucha, d'auoir veu la lumiere,
Et que mon cœur ne vint à respirer le iour,
Que dés l'heure qu'il vint à souspirer d'Amour,
Et combien que le Ciel face couler ma vie,
Dans ceste passion auec vn peu d'enuie,
Que mille empeschemens combattent mes desirs,
Et qu'vn triste succez menasse nos plaisirs,

Diuise la maison de Pyrame & la mienne,
Qu'hommes, Ciel, temps & lieux, nuisent à mon dessein
Ie ne sçaurois pourtant me l'arracher du sein,
Et quand ie le pourrois ie serois bien marrie,
Que d'vn si cher tourment mon ame fust guerie,
Vne telle santé me donneroit la mort,
Le penser seulement m'en fasche & me fait tort.

Bersiane.

Comment, vous estre ainsi de nous tous esloignée,
Osez vous bien aller sans estre accompagnée?
Tout le monde au logis est en peine de vous,
Et sur tout vostre mere en est en grand courroux.

Thisbé.

Pourquoy cela? ma vie est-elle si suspecte?

Bersiane.

Non! mais tousiours les vieux veulent qu'on les respecte,
Vous deuiez pour le moins vn de nous aduertir,
Faire quelque semblant que vous alliez sortir.

Thisbé.

Sçais-tu pas bien que i'ayme à resuer, à me taire,
Et que mon naturel est vn peu solitaire,
Que ie cherche souuent à m'oster hors du bruit?
Alors pour dire vray ie hay bien qui me suit,
Quelquefois mon chagrin trouueroit importune,
La conuersation de la bonne Fortune,
La visite d'vn Dieu me desobligeroit,
Vn rayon du Soleil parfois me fascheroit,

Bersiane.

La cheute d'vne fueille, vn zephir, vn atosme?

Thisbé.

Ie te laisse à iuger que feroit vn fantosme,
Et de quelle façon ie me verrois punir,
Qu'vn esprit des Enfers me vint entretenir.

Bersiane.

A ce compte ie suis desia parmy ce nombre.

Thisbé.

Iamais rien de viuant ne sembla mieux vne ombre.

Bersiane.

D'où viennent ces desdains?

Thisbé.

vieux spectre d'ossemens,
Vrayement ie cherche bien tes diuertissemens.

Bersiane.

Ie cognois bien que c'est de moy qu'elle murmure,
Ie suis dont cét obiect d'Infernale figure.

Thisbé.

Ie ne dis pas cela, mais tu peux bien penser,

Bersiane.

Que de mon entretien on se pouuoit passer.

Thisbé.

Iustement,

Bersiane.

ie cognois ou ie suis peu sensee,

Thisbé.

Qu'autre chose que toy me tient dans la pensee,

Bersiane.

Ce n'est pas sans suiet Thisbé, que nos soupçons
Vous ont fait tous les iours ouyr tant de leçons,
Vostre mere à raison d'auoir l'œil & l'oreille
Dessus vos actions.

Thisbé.

n'importe qu'elle y veille,
Ie n'ay rien fait iamais à craindre des tesmoins,
Mon innocente humeur se mocque de vos soins,
I'en suis esmeuë autant que du bruit d'vne feuille,
Car ie vis sans reproche,

Bersiane.

hé! le bon Dieu le vueille.

Thisbé.

Adieu, cherche quelqu'vn à qui te faire ouyr.

Bersiane.

On à beau tel secret dans les os enfouyr,
L'Amour, l'ambition, l'orgueil, & la cholere,
Sont tousiours sur nos fronts d'vne apparence claire,
I'espere en peu de iours que nous viendrons à bout
De ceste confidence, & que nous sçaurons tout.

SCENE II.

NARBAL. LIDIAS.

MAlgré moy persister en ce funeste Amour,
Apres les droits du ciel l'ingrat me doit le iour
Toy qui si laschement flattes sa fantaisie,

Tu veux que ma raison cede à ta frenesie,
Et me rememorant ce qu'autrefois te fis,
Tu me veux conseiller la perte de mon fils.
Il est vray qu'autrefois i'ay senty ceste flame,
Lors qu'vn sang plus subtil faisoit agir mon ame,
Esclaue que ie suis des naturelles loix,
Comme vn autre en mon temps de ce feu ie bruslois,
Mais tousiours mes desseins estoient auec licence,
Et mes iustes desirs pleins d'heur & d'innocence.

Lidias.

Vous en auez depuis perdu le souuenir,
Mais si les mesmes ans pouuoient vous reuenir,
Et qu'en vostre faueur la Loy de la Nature,
Vous effaçant l'horreur que fait le sepulture,
A vos membres cassez leur force rapportat,
Et remit vos esprits en leur premier estat,
Ie croy que vos rigueurs changeroient bien de termes
Et que vos sentimens ne seroient plus si fermes,
Ce pauure fils à qui vous voulez tant de mal,
Vous verroit transformé de censeur en riual.
On ne sçauroit dompter la passion humaine,
Contre Amour la raison est importune & vaine,
Tousiours l'obiet aimable à droict de nous charmer,
Lors qu'on est en estat de le pouuoir aimer,
L'ame se voit bien tost d'vne beauté forcée,
Par le rapport des yeux auecque la pensée.

Narbal.

Ton esprit tient encor vn peu de la saison,
Qui ne voit point meurir les fruicts de la raison,

Moy qui suis bien guery de ceste humeur volage,
Ayant desia passé tous les degrez de l'aage,
Ie cognois mieux que toy sa vie & le deuoir,
Et bien tost mieux que toy ie luy feray sçauoir,
Aymer sans mon congé & s'obstiner encore,
D'vn Amour qui le pert & qui me deshonore,
D'vn ennemy mortel la fille rechercher,
Ie t'ayme mieux le cœur hors du sein arracher,
Tu demordras mutin ie te feray cognoistre
Le respect que tu dois à ceux qui t'ont fait naistre,
Et que tu ne dois point suiure ta passion,
Ny faire des desseins sans ma permission.

Lidias.

Quand on s'engage au sort d'vne pareille affaire,
Vne permission n'est iamais necessaire,
On n'y sçauroit pouruoir quand c'est vn accident,
A cela le plus fin est le plus imprudent,
On ne demande point congé d'vne aduanture,
S'il en faut demander c'est donc à la nature,
Qui conduit nostre vie, & s'adresser aux Dieux,
Qui tiennent en leurs mains nos esprits & nos yeux.

Narbal.

Ne sçait-il pas qu'il est obligé de me plaire,
Que cet Amour furtif irrite ma cholere,
Qu'il va dans ce proiect mes iours diminuant,
Et fait vn parricide en le continuant,
Les Dieux trouuẽt-ils bon puis qu'ils sont equitables
Qu'on face des forfaicts?

Lidias.

Hideux sans mouuement demeureront ouuerts,
Il faut que l'amitié soit bien dans la pensée,
Si par vn tel obiect elle n'en est chassée:
Ie sçay bien que Thisbé sans des viues douleurs
Ne verra point sa mort, ny sans beaucoup de pleurs,
Mais auecques le temps iusqu'à la moindre trace,
La plus forte douleur se dissipe & s'efface,
Ayant veu que l'obiect de son premier Amour,
N'ayme plus, ne sent rien, n'a plus de part au iour,
Elle encore viuante & encore sensible,
A mon affection sera plus accessible.

Syllar.

L'aymez-vous iusqu'au poinct de violer la Loy?

Le Roy.

Tu sçais que la Iustice est au dessous du Roy,
La raison deffaillant la violence est bonne,
A qui sçait bien vser des droicts d'vne couronne,

Syllar.

Mais tousiours vous sçauez que l'equité vaut mieux

Le Roy.

Les grãds Rois doiuent viure à l'exemple des dieux.

Syllar.

Aussi vous ont-ils faits leurs Lieutenans en terre.

Le Roy.

Leur cholere à son gré fait tomber le tonnerre,
Et quoy qu'ils soient portez ce semble à nous cherir,
Pour monstrer leur puissãce il nous font tous mourir,
Et moy ie tiens du Ciel ma meilleure partie,
Mon ame auec les Dieux à de la sympatie

I'ayme que tout me craigne, & croy que le trespas
Tousiours est iuste à ceux qui ne me plaisent pas,
Pyrame est en ce rang, sa mort est legitime,
Car desplaire à son Roy, c'est auoir fait vn crime,
Il n'est pas innocent, ceux que la loy du sort
Rend mal voulus du Prince, ils sont dignes de mort.
Mon Amour l'a conclu. Ce Tyran implacable
En donne auecques moy l'arrest irreuocable,
Il sera ma victime, & ie iure deuant
Qu'aucun ait ietté l'œil sur le Soleil leuant,
D'eussay-ie par ma main executer ma haine,
Son trespas resolu me tirera de peine,
Icy me fera voir cet acte officieux,
Celuy de tous les miens qui m'aimera le mieux,
Icy dois-ie tirer vne preuue asseurée,
De la fidelité qu'on m'a cent fois iurée.

Syllar.

Le temps & la raison pourroient-ils point oster
Ces violens desirs?

Le Roy.

rien que les augmenter,
Le temps & la raison feront du feu la glace,
Et m'osteront plustost le cœur hors de sa place.

Syllar.

Puis que c'est vn dessein qu'on ne peut diuertir,
A quel prix que ce soit il en faut donc sortir,
Sire, me voicy l'ame & la main toute preste,
A quoy que vos desseins ayent destiné ma teste,

Le Roy.

Comment tu me preuiens, ha! veritablement,
Ie voy bien que tu veux m'obliger doublement,
Vn plaisir est plus grand qui vient sans qu'on y pense,
Qui souffre qu'on demande à prix sa recompense,
Mesme quand le besoin de nos desirs pressez,
A qui ne fait le sourd, se fait entendre assez.

Syllar.

Ie m'en vay de ce pas vacquer à l'entreprise,

Le Roy.

O qu'en ton amitié le Ciel me fauorise.

Syllar.

Dans deux heures d'icy nous y mettrons la main.

Le Roy.

Il est vray qu'il vaut mieux auiourd'huy que demain
Ie ne te parle point encore du salaire.

Syllar.

Sire tout mon espoir est l'honneur de vous plaire.

Le Roy.

Ie sçay que tout seruice est digne de loyer.

Syllar.

Il sçait bien comme il faut les hommes employer,
Vne telle action dessus le gain se fonde,
C'est le plus liberal de tous les Roys du monde,
Il en est mieux seruy. L'argent à des ressorts,
Qui font aller par tout nos esprits & nos corps.

ACTE DEVXIESME.

THISBE', PYRAME, DISARQVE.

SCENE I.

PYRAME, DISARQVE.

*E sçay bien cher amy que ton sage dessein*
Est de m'oster la flame & la mort hors du sein,
De ramener à soy ma pauure ame esgarée,
Qui s'est depuis deux ans d'auec moy separée,
Mais sçache que mon ame abhorre ta raison,
Que ie prens tes conseils pour vne trahison,
Et d'abord que tu viens à me parler d'esteindre,
Ce feu dont nuict & iour ie ne fais que me plaindre,
Malgré le sentiment que i'ay de mon erreur,
Et de ton amitié, ta voix me faict horreur,
Ie te hay si tu n'es ennemy de mon aise,
Il faut que ton esprit à mon humeur se plaise.

Que tu perdes le ſoin de cenſurer mes pleurs,
Que ton affection conſente à mes malheurs,
Et que ton iugement mette ſon induſtrie
A conſeruer mon mal,

Diſarque.

mon Dieu quelle furie,

Pyrame.

Autrement ie te tiens barbare & ſans pitié.

Diſarque.

Que vous cognoiſſez mal les fruicts de l'amitié.

Pyrame.

Ie veux que mon amy ſans feinte & ſans reſerue,
Dedans ma paßion me complaiſe & me ſerue.

Diſarque.

Et quoy ſi voſtre amy vous auoit veu courir
Dans vn danger mortel?

Pyrame.

qu'il me laiſſaſt mourir,
Le plus ſanglant deſpit que la fortune liure
A des deſeſperez, c'eſt les forcer de viure.

Diſarque.

Il eſt vray qu'vn deſir vne fois emporté,
Vers vn funeſte Amour à plus de fermeté,
On retracte pluſtoſt le deſſein legitime,
D'vne bonne action que le proiect d'vn crime,
Le mal à plus d'appas, & ce qui plus nous nuit,
Auecques plus d'adreſſe & de vigueur nous ſuit,
Vous courez obſtiné ce ſemble à voſtre perte,
Quelque difficulté qui vous y ſoit offerte,

Vos parens obligez d'vn naturel deuoir,
Vous opposent icy leur absolu pouuoir.

Pyrame.

C'est par où mon desir d'auantage se picque,
I'ayme bien à forcer vne luy tyrannique,
Amour n'a point de maistre, & vos empeschemens
Ne me sont desormais que des allechemens.
C'est vne occasion de me monstrer fidelle,
C'est prouuer à Thisbé que i'ose tout pour elle,
N'as-tu point quelquesfois pris garde à sa beauté,
Toy qui par dessus tous aime la nouueauté,
Toy qui depuis les bords d'où le Soleil se leue,
Iusqu'aux flots reculez ou la clarté s'acheue,
Des obiects les plus beaux as fait iuge tes yeux,
En as-tu recogneu qui puissent plaire mieux?

Disarque.

Il est certain qu'elle a quelque chose de rare.

Pyrame.

Dis qu'elle a quelque chose à tenter vn barbare,
Celuy que ses regards ne peuuent pas toucher,
Il a des duretez de souche & de rocher.

Disarque.

Voila bien des discours de la melancholie.

Pyrame.

Ie croy que ta raison vaut moins que ma folie
Et que tu viens à tort me plaindre & m'accuser
D'vne erreur où les Dieux se voudroient abuser,
Ne m'en parle iamais, ta resistance est vaine,
Et si tu n'as iuré de t'acquerir ma haine,

Si tu n'as resolu de rompre auecques moy
Dedans ma paßion ne me fais plus la loy,
Tu voudrois que i'aimasse à la façon commune,
Et qu'vn lasche dessein de faire ma fortune,
M'amenast dans le but de tes intentions.

Disarque.

Ie voudrois gouuerner vn peu vos paßions,
Et vous sauuer l'esprit du danger & du blame.

Pyrame.

Est-ce à toy ie te prie à gouuerner mon ame?
Ce cœur fut-il par toy là dedans enfermé,
Laisse faire à Nature, elle me l'a formé,
C'est d'elle dont Thisbé se vit außi formée,
Pour enflammer ce cœur, & pour en estre aimée,
N'ayans tous deux qu'vn but de peine & de plaisir,
Semblables de l'humeur de l'aage & du desir,
Et si i'osois flatter encore mon visage,
On nous pourroit tous deux cognoistre en vne Image
C'est le premier appas dont mon cœur souspira,
C'est le premier espoir dont Amour m'attira,
Cher espoir dont mon ame heureusement se flatte,
Car son œil fauorable à mes regards esclatte,
Me comble de faueur, bref: ie suis asseuré,
D'vn Amour mutuel elle me l'a iuré,
Mes léures dans ses mains en ont cueilly le gage,
Et pour le confirmer d'vn plus pressant langage,
Ses pensers me l'ont dit, ses yeux en sont tesmoins:
Car dans tous nos discours la voix parle le moins,
Nous disons d'vn traict d'œil à nos ames bleßées

ien plus qu'vn liure entier n'exprime de pensées.
; de souspirs de feu, d'elle à moy repassans,
ieux que nul confident s'expliquent à nos sens.
Nous n'auõs point besoin que d'autres s'introduisent
A traicter nos Amours, les arbitres nous nuisent,
Le meilleur confident ne sert iamais si bien,
ue dans nostre interest il ne mesle le sien,
elon sa fantaisie il aduance ou recule,
'aueugle mouuement d'vn pauure esprit qui brusle,
our moy ie ne sçaurois souffrir vn Gouuerneur,
'ayme mieux reüssir auec moins de bon-heur,
es soins de la prudence ont trop d'inquietude,
on ame n'a d'obiect sinon ma seruitude,
u ie trouue mon bien, mieux qu'en ma liberté,
t que i'ayme sans doute autant que la clarté.

Disarque.

uis que c'est vne peste à vos os attachée,
ne fleche mortelle en vostre cœur fichée,
'est en vain que l'on prend le soin de vous guerir.

Pyrame.

uerir, on ne le peut sans me faire mourir.

Disarque.

u moins prenez bien garde en ceste amour furtiue,
u'vn funeste succez à vos desseins n'arriue,
ous estes espiez & de loin & de pres,
ar des yeux vigilans qu'on y commet expres.

Pyrame.

oute leur diligence est assez inutile,
'ame des Amoureux n'est pas si peu subtile,

Nous sçauons bien choisir & le temps & le lieu,
Ou mesme ne sçauroit nous descouurir vn Dieu,
Ne t'en mets point en peine, & seulement endure,
Si tu me veux aimer, que ma fureur me dure.
Adieu laisse moy seul m'entretenir icy,
Voila la nuict qui vient, le Ciel est obscurcy,
Ma maistresse m'attend, afin de me complaire
L'autre Soleil s'en va quand cestuy-ci m'esclaire,
Priuez de tous moyens de nous parler ailleurs,
Et ne pouuant venir à des accez meilleurs,
Vne petite fente en ceste pierre ouuerte,
Par nous deux seulement encore descouuerte,
Nous fait secrettement aller & reuenir,
Les propos dont Amour nous laisse entretenir,
Car c'est le lieu par où nos paßions discrettes,
Donnent vn peu de iour à nos flames secrettes,
Icy cruels parens malgré vos dures loix,
Nous faisons vn passage à nos timides voix,
Icy nos cœurs ouuerts malgré vos tyrannies,
Se font entrebaiser nos volontez vnies,
Conseillers inhumains peres sans amitié,
Voyez comme ce marbre est fendu de pitié,
Et qu'à nostre douleur le sein de ses murailles,
Pour receler nos feux s'entrouure les entrailles,
Que l'air se prostituë à nos contentemens,
L'air le plus rigoureux de tous les Elemens,
Le pere des frimats, la source des orages,
A plus d'humanité que vos brutaux courages,
Mais i'entends quelque bruit, c'est elle sans faillir

Ie ſens tous mes eſprits d'aiſe me defaillir,
Elle ne ment iamais, & feroit conſcience,
De charger ſon Amant de trop de patience,
Ie voy comme elle approche & marche à pas contez
Soupçonneuſe eſlançant ſes yeux de tous coſtez.

SCENE II.

THISBE', PYRAME.

THISBE'.

ES-tu là mon ſoucy?

Pyrame.

qui vous a retenuë,
Auiourd'huy pour le moins vous eſtes preuenuë,
Vous arriuez plus tard que ie ne fis hier.

Thisbé.

Il eſt vray que i'ay tort ie ne le puis nier,
Mais quand ie t'auray dit ce qui m'a deu contraindre
Ie croy que tu ſeras obligé de me plaindre,
Ie te feray pitié, car ie ne penſe pas,
Que le mal qu'on m'a fait ſoit moins que le treſpas.

Pyrame.

Comment, vous a-on fait quelque iniure, mon ame?
Quelqu'vn en ſon abſence a-il bleſſé Pyrame?
Vn Dieu ne le pourroit auec impunité,

Thisbé.

Ceſte offence n'eſtoit que l'importunité,

D'vne vieille hideuse & sotte creature,
Qui m'a tout auiourd'huy mis l'ame à la torture,
Qui m'a fait tant de loix, m'a tant donné d'aduis,
Et tant reiteré d'inutiles deuis,
Qu'on tariroit plustost l'humidité de l'onde,
Que ceste humeur chagrine en caquets si feconde.

Pyrame.

Dites moy ie vous prie encore en quoy tendoit
Le discours où plus fort la vieille s'estendoit?

Thisbé.

De rendre vne parfaite & pleine obeissance
A ceux à qui ie doy le bien de ma naissance,
De ne me dispenser de prendre aucun plaisir,
Que leur commandement ne me le vint choisir,
Sur tout de bien deffendre, & l'esprit, & l'oreille,
Des pointes dont amour vn ieune sang resueille,
Que les ieunes esprits n'ont rien de dangereux,
Au prix que d'escouter vn conseil amoureux:
Que mesme au plus heureux cet appas est funeste,
Que c'est vn precipice, vn poison, vne peste.

Pyrame.

Elle vous a donc fait l'amour bien odieux,

Thisbé.

Elle me l'a despeint comme il est dans ses yeux.

Pyrame.

Estranges changemens ou tombe la Nature,
Vn pauure corps vsé qui n'est que pourriture,
Vne vieille à qui l'aage à seiché les humeurs,
A qui les sens gastez ont peruerty les mœurs,

Vn ſang gros & peſant, touſiours froit comme glace,
Si ce n'eſt qu'vne fieure eſchauffe vn peu ſa maſſe,
Vn tronc de nerfs & d'os d'artifice mouuant,
Qu'on ne ſçauroit nommer qu'vn fantoſme viuant,
Perſecute touſiours d'vne ialouſe enuie,
Les paſſetemps heureux de noſtre ieune vie,
Ces vieillards dont l'eſprit & le corps abbatu,
Erigent l'impuiſſance en tiltre de vertu,
Eux meſmes qui le cours de la nature ſuiuent,
Qui ſelon l'appetit de leur vieilleſſe viuent,
Pretendent contre nous forcer l'ordre du temps,
Et que nous ſoyons vieux en l'aage de vingt ans,
Nos mœurs par leur exẽple imprudemment cenſurẽt
Alleguant ce qu'ils ſont, & non pas ce qu'ils furent,
Au moins ma chere vie en ce ſot entretien,
Ie croy que cet eſprit n'a rien peu ſur le tien.

Thisbé.

Ces diſcours m'ont paſſé plus loin qu'vne nuée,

Pyrame.

Ta bonne volonté n'eſt pas diminuée,

Thisbé.

Elle a creu d'auantage, on n'a fait que ietter,
Du ſouffre dans la flamme afin de l'irriter,
Ie ſuis d'vn naturel à qui la reſiſtance,
'enforce le deſir l'eſpoir & la conſtance,
Ie croy qu'on me verroit mourir autant de fois,
Qu'on me force d'ouyr ces importunes voix,
Sinon que mon Amour de plus en plus perſiſte,
Et bruſle d'auantage alors qu'on lu re iſte.

Et ie n'ay rien de cher comme vne occasion,
De tout ce qui sçauroit nourrir ma paßion,
Puisqu'au diuin obiect dont ie suis amoureuse,
Le sort veut que ie sois parfaitement heureuse,
Que tu merites bien l'inuiolable foy,
Que iusques au tombeau ie garderay pour toy.

Pyrame.

Et moy si le tombeau laissoit encor aux ames
Quelque petit rayon de leurs deffuntes flames,
Ie n'aurois autre feu que toy dans les enfers,
Et dedans leurs prisons ie n'aurois que tes fers,
Mais parmy nos discours nous ne prenons pas garde,
Que ce doux entretien dont Amour nous retarde,
S'il n'est bien mesnagé nous manquera bien tost.

Thisbé.

Helas! ne pourrons nous iamais dire qu'vn mot,
Les oyseaux dans les bois ont toute la iournée,
A chanter la fureur qu'Amour leur a donnée:
Les eaux & les zephirs quand ils se font l'Amour
Leur rire & leurs souspirs font durer nuict & iour.

Pyrame.

Il se faut retirer de crainte qu'il n'arriue
Que de ce peu de bien encor on ne nous priue.

Thisbé.

Dans vne heure au plus tard ie reuiens donc icy.

Pyrame.

Et moy ie seray mort si ie n'y viens außi.

ACTE TROISIESME.

DEVXIS, SYLLAR, PYRAME, LE ROY.

SCENE I.

DEVXIS, SYLLAR, PYRAME.

Yllar ie ſuis troublé d'vn funeſte preſage,
Vn glaçon de frayeur m'eſtraint tout le courage,
Penſant à tel deſſein ie me remets aux yeux,
Les iuſtes iugemens des hommes & des Dieux.

Syllar.

Quoy, tu manques de cœur.

Deuxis.

ie ſens de la contrainte,
En ce que i'entreprens, & non pas de la crainte.

Syllar.

Ie cognois ton courage, & c'eſt la cauſe auſſi

Qui fait que ie t'employe en ceste affaire icy,

Deuxis.

Il est beau de tenter vne mort legitime,
Pour quelque grãd exploict & qui se fait sans crime
On appelle courage vn esprit genereux,
Qui n'est point inhumain comme il n'est point peureux,
Qui meurt sur vne bresche, & dont les funerailles,
Se font chez l'ennemy sous vn bris de murailles,
Le trespas est loüable ou ignominieux,
Selon que le suiet est lasche ou glorieux,
Mais pense à quelle fin nous auons pris l'espée,
A quel exploit sera nostre main occupée,
Quoy, sans estre offencez nous nous voulons venger,
Quand on n'a point de haine on n'en sçauroit forger.

Syllar.

Nostre commission donne toute licence,

Deuxis.

On ne peut sans remords se prendre à l'innocence,
Il ne nous a rien fait nous le voulons tuer.

Syllar.

La volonté du Roy se doit effectuer.

Deuxis.

Si quelque excez leger contentoit sa cholere,
Ie croy que iustement on luy pourroit complaire,
Mais en vn fait semblable en vne trahison,
Chacun le peut desdire auec trop de raison.

Syllar.

En dedisant son Roy, quelque iuste apparence
Que puisse prendre vn peuple il commet vne offence
Comme les Dieux au Ciel, sur la terre les Roys,
Establissent aussi des souueraines Loix,
Ils partagent esgaux ce que le monde enserre,
Les Dieux sont Roys du Ciel, les Roys Dieux de la terre,
Iupiter d'vn clin d'œil faict les Astres mouuoir,
Et nos Princes sur nous ont le mesme pouuoir,
A la grandeur des Dieux leur grandeur se figure,
Cõme au vouloir des Dieux leur vouloir se mesure.

Deuxis.

Il leur faut obeir, si leur commandement
Imite ceux des Dieux qui font tout iustement.

Syllar.

Enquerir leur secret tient trop du temeraire,
C'est aux Roys à le dire, & à nous à le faire,
S'il a mal commandé, l'homicide commis,
Tombera sur sa teste, & nous sera remis,
Le deuoir ignorant rend vne ame innocente.

Deuxis.

Mais cognoissant le mal, il faut quelle y consente,
Vn deuoir ignorant, & quoy ne vois tu pas,
Qu'on brasse à l'innocent vn perfide trespas,
Que l'Enfer vn pareil n'en sçauroit faire naistre.

Syllar.

Sçaches qu'vn seruiteur doit obeyr au Maistre,
Considerant de pres & l'honneur & le droit,

Tout le monde ſans doute icy nous reprendroit:
Mais nous ſommes forcez le Prince le fait faire,
Il luy faut obeyr, c'eſt vn poinct neceſſaire.

Deuxis.

Et pourquoy neceſſaire, il vaut mieux encourir,
Sa diſgrace eternelle.

Syllar.

Il vaut donc mieux mourir.

Deuxis.

I'aymerois mieux la mort qu'vne honteuſe vie,
De remords criminels inceſſamment ſuiuie,
Quand le chien des Enfers auecques ſes abbois,
Vient troubler les viuans, ils ſont morts mille fois,
Mais mourant pour l'hõneur, on court par les briſées,
D'vn bien-heureux repos dans les champs Eliſées,
Les eſprits depeſtrez des vicieux diſcords,
Qu'ils ont auec nos ſens ioyeux quittent nos corps.

Syllar.

Quelque ſi doux accueil que Mercure prepare,
Crois qu'vn homme ſe trouble alors qu'il ſe ſepare,
Que les corps treſpaſſez d'vne pierre couuerts
Changent les os en poudre, & la charongne en vers,
Que les eſprits errans par les riues funebres,
D'vn Cocite incogneu, ne ſont plus que tenebres,
Qu'on ſoit bien dans ce regne où Pluton tient ſa Cour
C'eſt vn compte, il n'eſt rien de ſi beau que le iour,
Le moindre chien viuant vaut mieux que cent cohortes,
De Tygres, de Lyons, ou de Pantheres mortes.

Bien que pauure suiet ie prefere mon ort
A celuy-là d'vn Prince ou d'vn Monarque mort,
Croy moy, suy mon conseil, ne donnons point nos testes,
Pour preseruer autruy, ne soyons pas si bestes.

Deuxis.

Mourrions nous pour cela?

Syllar.

croy-tu viure vn moment,
Apres t'estre mocqué de son commandement?

Deuxis.

Mais le Roy craint-il point la iustice plus haute,
En nous faisant mourir il descouure sa faute,
Nos testes ne sçauroient venir sur l'eschaffaut,
Sans y faire monster son criminel deffaut.

Syllar.

Pour nous exterminer quand ils en ont enuie,
Les Roys ont cent moyens pour nous oster la vie,
Nos iours sont dans leurs mains, ils les peuuent finir,
Ils peuuent le plus iuste innocemment punir,
Quelque tort que ce soit quand vn Roy nous accuse,
Sa grande authorité ne manque point d'excuse,
Contre le Prince aux droicts, il ne se faut fier,
Le pretexte plus faut le peut iustifier.
Outre qu'au Souuerain la perte de deux hommes,
Ne se doit reprocher de deux tels que nous sommes,
Plusieurs qui ne sont point ainsi Religieux,
Et qu'vn si grand secret rendroit trop glorieux,

Ces mouuemens du Roy ne craindront pas de ſuiure,
Apres cela crois-tu qu'il nous ſouffriſt de viure?
Nous ne ſçaurions fuir de ſon bras irrité,
L'iniure d'vn ſupplice à demy merité.

Deuxis.

Il faut donc ſe bannir & bien loin d'vn Empire,
A tous les gens de bien, le moins ſeur & le pire.

Syllar.

Voyageant l'vniuers de l'vn à l'autre bout,
Nous ne ſçaurions fuir, les Roys courent par tout,
Ils ont de longues mains qui par tout ce bas monde,
Sans ſe mouuoir d'vn lieu touchent la terre & l'ōde.

Deuxis.

Tu dis vray, ta raiſon me rend ores confus.

Syllar.

Coulpables vers le Roy, de ce coüard refus,
C'eſt fait de nous, auſsi faiſant ce qu'il commande.
Sans doute apres cela noſtre fortune eſt grande,
Ces Royales faueurs nos eſprits ſaouleront,
Et dans nos cabinets des flots d'or couleront.

Deuxis.

L'or ce metal ſorcier, corrompt tout par ſes charmes,
Deuant luy proſterné, l'honneur met bas les armes,
Il n'eſt ſi fort rempart de iuſtice ou de foy,
Qu'il ne briſe, il ne craint ny pieté ny Loy,
L'or peut tout, meſme alors que ſon appas s'adreſſe,
A des hommes vaillans que la miſere preſſe,
Comme moy malheureux que l'horreur de la faim,

Contraint à desirer ce detestable gain,
Monstre de pauureté; ta dent est plus funeste,
Que le feu plus cuisant & la plus forte peste,
Le meurtrier que la peur bourrelle incessamment,
Au prix de tes forçats est puny doucement,
Dãs les plus grãds remords des faits les plus infames
Sçauoir qu'on a du bien console fort les ames,
L'argent purge le crime, & nous guerit de tout.

Syllar.

A la fin tout va bien, ie voy qu'il se resoult.

Deuxis.

Le sort en est ietté, mon ame est exposée,
A ce qu'il te plaira, ie voy l'affaire aisée.

Syllar.

Il ne faut seulement que le guetter icy.

Deuxis.

Le voila ce me semble,

Syllar.

il me le semble aussi.

Deuxis.

Donnons en mesme temps,

Pyrame.

on ne me peut surprendre,
Assassins vous sçaurez si ie me sçay deffendre,
Bien que seul contre deux, ie vous feray sentir
Qu'on ne se prend à moy qu'auec du repentir.

Deuxis.

O Dieu ie suis blessé.

Pyrame.

si ta main n'est meilleure,
Ce lasche & traistre sang tu vomiras sur l'heure,
Ton sort comme le sien pend au bout de ce fer.

Syllar.

Fuyons, ie crois que c'est vn fantosme d'Enfer.

Deuxis.

O Dieux: que ie fais bien icy l'experience,
Qu'il ne faut rien tenter contre sa conscience.

Pyrame.

Conscience voleur, ie croy que le remords,
Ne te presse qu'entant que tu vas voir les morts,
Que tu sens la frayeur d'vne peine eternelle,
Recueillir en mourant ton ame criminelle.

Deuxis.

Hà! si vous me laißiez vn peu la liberté,
De vous parler auant que perdre la clarté.

Pyrame.

Que me sçaurois tu dire.

Deuxis.

vne chose sans doute
Qui vous pourroit seruir?

Pyrame.

il faut que ie l'escoute.
Qu'est-ce?

Deuxis.

ce qu'on pourroit à peine deuiner,
Le Roy nous a contraints de vous assaßiner.

Pyrame.

O Ciel! que m'as-tu dit, mais faut-il croire vn traistre?

Deuxis.

Ie vous dis ce qui est,

Pyrame.

mais ce qui ne peut estre,
Dieux, tout mon sang se trouble, il est vray que le Roy,
Aime à ce qu'on m'a dit, en mesme lieu que moy,
Helas! ie suis perdu mon mal est sans remede,
Cōtre mō Roy, quel Dieu puis-ie trouuer qui m'aide?

Deuxis.

Voyez de vous conduire en cela sagement,
Maintenant ie trespasse auec allegement.

Pyrame.

L'enfer te soit propice, & sa nuict malheureuse,
Pour vn si bon remors te soit moins rigoureuse,
Au reste il faut fuir c'est le meilleur conseil,
Sans faire plus icy, ni repos, ni sommeil,
Quand le courroux des Rois faict esclater leurs ames,
C'est pis dix mille fois que torrens & que flames,
Il faut s'oster de là, mais de necessité,
Thisbé, vous m'en auez souuent solicité,
Vous m'auez dit cent fois que vous seriez heureuse,
De suiure loin d'icy ma fortune amoureuse,
Que vous craignez ce Prince, & que de son amour,

Quelque malheur au nostre arriueroit vn iour,
Il y faudra pouruoir, & si l'humeur hardie,
De ce courage ardent ne s'est pas refroidie,
Nous nous affranchirons de ses cruelles loix,
Et nous n'aurons que nous, de parens ny de Rois.

SCENE II.

PYRAME, MESSAGER, SYLLAR, LE ROY.

A Cet affront le sang au visage me monte,
Que ma condition souffre auiourd'huy de honte,
Sçachant que de ma part tu luy voulois parler.

Messager.

En vain cent fois le iour vous m'y feriez aller,

Le Roy.

Que Thisbé n'a point fait semblant de te cognoistre,

Messager.

Sire, tout aussi-tost qu'elle m'a veu paroistre,
Destournant ses regards surprise à l'impourueu
Ainsi qu'elle auroit fait d'vn serpẽt qu'elle eust veu,
Elle s'est engagée en vne compagnie,
A faire des discours d'vne suite infinie,
Iusqu'à tant qu'elle a peu se desrober de moy.

Le Roy.

Traicter si rudement la passion d'vn Roy,
Faut-il que nous ayõs, fils des Dieux que ie sommes,

Le sentiment semblable aux vulgaire des hommes?
Ingratte si faut-il que ie te mette vn iour,
Dans le chois d'esprouuer ma haine ou mon Amour,
Tu sçauras que ie regne, & que la tyrannie,
Me peut bien accorder ce que l'Amour me nie,
Ce beau fils depesché, si ton cœur ne demord,
Tu te pourras bien voir sa compagne à la mort,
Mais! voicy de retour mon fidelle ministre,
Ie lis dessus son front quelque rapport sinistre,
Il craint de m'aborder, parle & leue les yeux.

Syllar.

L'affaire va tres-mal,

Le Roy.

ie n'attendois pas mieux.

Syllar.

Mon compagnon est mort, & moy couuert de playes
Vous viens faire rapport de ces nouuelles vrayes,
Nous auions à peu pres l'ouurage executé,
Que le peuple en fureur dessus nous s'est ietté,
Et d'armes & de cris vne croissante suite,
A peine m'a donné le loisir de la fuite.

Le Roy.

C'est trop, ie voy qu'Amour se mocque de mes vœux
Que le Ciel par dessein deffend ce que ie veux,
Ie suis au desespoir, mon ame est trop gehennée,
I'ay gardé dans le sein la mort tout vne année,
Mes malheurs vont sans fin l'vn l'autre se suiuans,
La saison de l'Hyuer n'a iamais tant de vents,

Iamais tant de frimats, ny de froid, ny de gresle,
Qu'il ne face en trois mois quelque beau iour pour ell
Iamais vieillard caduc ne s'est si mal porté
Qu'il n'ait eu dans l'année vne heure de santé,
Eolle quelquefois tient tous les vents en bride
Et fait voir aux Nochers le front des eaux sans ride
Et l'Astre le plus fier & plus malin des Cieux,
Iamais de mon destin n'a destourné ses yeux,
Ce traistre me donna le sceptre & le courage,
Pour me donner les maux auecques plus d'outrage:
Mais ie me plains en vain, le Ciel n'a point de tort,
Tout homme de courage est maistre de son sort,
Il range la Fortune à son obeissance,
Son deuoir ne cognoist de Loy que sa puissance,
Mesme quand c'est vn Roy qui n'a d'autre deuoir,
Que de iouyr des droicts d'vn souuerain pouuoir,
Non, non, mon iugement n'est plus sur la balance,
Syllar, tous mes conseils vont à la violence,
Retente vne autrefois encore mon dessein,
Va dans son lict luy mettre vn poignard dans le sein,
Dis que c'est de ma part, fay toy donner main forte,
Pour forcer la maison, dis que c'est moy, n'importe,
Controuue quelque crime afin de l'accuser,
En mon nom tu pourras tout dire & tout oser.

Syllar.

Que la fureur des Rois est vne chose estrange,
Ils veulent que le Ciel à leur humeur se range,
Que tout leur face ioug, en ce cruel desir
S'il se seruoit d'vn autre il me feroit plaisir.

ACTE QVATRIESME.

PYRAME, THISBE', LA MERE DE THISBE', SA CONFIDENTE.

SCENE I.

PYRAME, THISBE'.

TV vois en quel danger nostre fortune est mise,
Que mesme la clarté ne nous est pas permise,
En fin ne veux-tu point forcer ceste prison,
Icy l'impatience est iointe à la raison,
Le tyran qui desia fait esclatter sa rage,
Afin de l'assouuir mettra tout en vsage,
Et possible deuant que le flambeau du iour,
Nous fasse voir demain ses coursiers de retour,
Nous sçaurions ce que peut vne fureur vnie,
Auec l'authorité d'vne force impunie.

Thisbé.

Le conseil en est pris sans attendre à demain,

Il faut resolument s'affranchir de sa main,
Ie seray bien heureuse ayant de la Fortune,
Et disgrace & faueur, auecque toy commune,
Lors que ie n'auray plus d'espions à flatter,
Que ie n'auray parens ny mere à redouter,
Et qu'Amour ennuyé de se monstrer barbare
Ne nous donnera plus de mur qui nous separe,
Que sans empeschemens nos yeux pourront passer,
Par tout ou sont venus la voix & le penser,
Lors d'vn parfait plaisir entre tes bras comblée,
Mon ame du Tiran ne sera pas troublée,
Lors ie n'auray personne à respecter que toy.

Pyrame.

Lors tu n'auras personne à commander que moy,
Dessus mes volontez, la tienne souueraine,
Te donnera tousiours la qualité de Reyne,
Thisbé ie iure icy la grace de tes yeux,
Serment qui m'est plus cher que de iurer les Dieux,
Que ton affection auiourd'huy me transporte,
Ie ne la croyois pas estre du tout si forte,
Ie doutois que l'on peut aimer si constamment,
Et que tant d'amitié fust pour moy seulement,
Que des obiects plus beaux.

Thisbé.

n'acheue point Pyrame
Vn si mauuais soupçon, tu blesserois mon ame,
Autre obiect que le tien, c'est me desobliger
Mon cœur, & quel plaisir prens-tu de m'affliger.

Pyrame.

Ne crois point que cela trouble ma fantaisie,
Mais laisse à tant d'amour vn peu de ialousie,
Non pas pour les mortels, car i'ose m'asseurer,
Que tu n'aime que moy.

Thisbé.

tu le peux bien iurer.

Pyrame.

Mais ie me sens ialoux de tout ce qui te touche,
De l'air qui si souuent entre & sort par ta bouche,
Ie croy qu'à ton subiet le Soleil fait le iour,
Auecques des flambeaux, & d'enuie & d'Amour,
Les fleurs que sous tes pas tous les chemins produisẽt
Dans l'honneur qu'elles ont de te plaire me nuisent,
Si ie pouuois complaire à mon ialoux dessein,
I'empescherois tes yeux de regarder ton sein,
Ton ombre suit ton corps de trop pres ce me semble,
Car nous deux seulement deuons aller ensemble,
Bref, vn si rare obiect m'est si doux & si cher,
Que ta main seulement me nuit de te toucher.

Thisbé.

Hors de l'empeschement qui nous separe icy,
Tu sçauras que tes vœux sont mes desirs aussi,
Que ton mal est celuy dont ie me sens pressée,
Mais la course du iour s'en va desia passée,
La Lune se confond auecque la clarté,
Il est temps de pouruoir à nostre liberté,
Il faut que nostre suite à la nuict se hazarde,
Car auec trop de soin tout le iour on me garde,

Pyrame.

C'est tres-bien aduisé quand d'vn sommeil profond,
La premiere douceur dans nos veines se fond,
Qu'en ce pesant fardeau tout taciturne & sombre,
On n'oit que le silence, on ne voit rien que l'ombre,
Il se faut desrober chacun de sa maison,
Où plustost se sauuer chacun de la prison.

Thisbé.

Mais au sortir d'icy pour nous voir en peu d'heure,
Quelle assignation trouuerons nous plus seure.

Pyrame.

En attendant le iour, vn lieu propre & bien pres,
Il semble que l'amour me le descouure expres,
Le tombeau de Ninus.

Thisbé.

il est vrayement bien proche,

Pyrame.

Là coule vn clair ruisseau tout au pied d'vne roche,
Qui de ses viues eaux entretenant les fleurs,
Maintient à la prairie, & l'ame & les couleurs:
Vn arbre tout aupres, fertile en Meures blanches,
Nous offre le couuert de ses espaisses branches,
Sçaurions nous rencontrer vn lieu plus à souhait?

Thisbé.

Il est le mieux du monde, allons cela vaut fait.

SCENE

SCENE II.

LA MERE, ET SA CONFIDENTE.

ENcores de frayeur tous mes cheueux se dressent,
Ses farouches regards encor à moy s'adressent,
Hà! sommeil malheureux en ce songe trompeur,
Que tu m'as fait, ô Dieux! que tu m'as fait de peur,
De ceste vision l'image triste & noire,
Auecques trop d'horreur s'attache à ma memoire,
I'ay resué tout le iour dans l'apprehension,
De ma mauuaise nuict,

La Confidente.

ce n'est qu'illusion.

La Mere.

Combien en voyons nous à qui la voix des songes,
A dit des veritez,

La Confidente.

comme aussi des mensonges.

La Mere.

Ceste frayeur me tient pourtant dans les esprits,
Trop auant pour auoir son presage à mespris,
Iamais vne si triste & si pasle figure,
Ne se presente à nous sans vn mauuais augure,
Vne pareille nuict ne me vient pas souuent.

La Confidente.

A qui suit la raison, le songe n'est que vent,

Il est bon ou mauuais, feint, ou bien veritable,
Selon l'erreur douteux de nostre esprit muable.

La Mere.

Si tu sçauois comment ce songe est apparu,
Comment cent fois la mort par mes os à couru,
De quelque formeté que ta raison se vante,
Possible prendrois-tu ta part de l'espouuante.

La Confidente.

S'il ne vous est fascheux de me le faire ouyr.

La Mere.

Si ceste ombre en parlant pouuoit s'esuanouyr,
Et que sa forme errante encore dans ma couche,
Peut sortir de mon ame en sortant de ma bouche,
Tu me verrois tres-prompte à te faire sçauoir,
Ce que mes yeux fermez m'ont clairement fait voir.

La Confidente.

„ Deschargeant sa douleur dedans l'ame fidelle,
„ De quelqu'vn que l'on aime on la sent moins cruelle
Le plus foible secours que l'on nous puisse offrir,
Nous fait le mal au moins plus doucement souffrir,
S'il en faut souspirer, qu'auec vous ie souspire.

La Mere.

Ta curiosité me presse de le dire,
L'heure où nos corps chargez de grossieres vapeurs,
Suscitent en nos sens des mouuemens trompeurs,
Estoit desia passée, & mon cerueau tranquille,
S'abbreuoit des pauots que le sommeil distille,
Sur le poinct que la nuict est proche de finir,

Et le Char de l'Aurore est encore à venir.

La Confidente.

Enuiron ce temps-là, l'opinion vulgaire,
Tient que les songes ont la vision plus claire.

La Mere.

Plusieurs euenemens me sont desia tesmoins,
Que leur incertitude alors trompe le moins.

La Confidente.

Nous preserue le Ciel que celuy cy persiste,
A nous prognostiquer son obscurité triste.

La Mere.

Sçache que iamais songe en son obscurité
N'a fait voir tant d'horreur, ny tant de verité.

La Confidente.

Vrayement à vous ouyr i'en suis desia touchée.

La Mere.

Le voicy. Dieux! mon ame en est effarouchée,
I'ay veu tout au trauers du bandeau du sommeil,
Au milieu d'vn desert l'Eclypse du Soleil,
C'est le premier obiect de la funeste image,
Qui marque à mon destin vn asseuré dommage,
En ceste nuict espaisse où par tout l'Vniuers,
Les obiects demeuroient esgalement couuerts,
I'ay senty sous mes pieds ouurir vn peu la terre,
Et de là sourdement bruire aussi le tonnerre,
Vn grand vol de corbeaux sur moy s'est assemblé,
La Lune est deualée, & le Ciel a tremblé,
L'air s'est couuert d'orage, & dans ceste tempeste,

Quelques gouttes de sang m'ont tombé sur la teste,
Vn Lyon l'œil ardant & le crain herissé,
Dessus son large col hideusement pressé,
Rugissant sans me voir aupres de la cauerne,
A fait autour de moy deux ou trois fois vn cerne,
Certains cris sous-terrains rompus par des sanglots,
Comme vn mugissement de riuage & de flots,
Au trauers le silence, & l'horreur des tenebres,
M'ont transpercé le cœur de leurs accens funebres.

La Confidente.

O Dieux! tant seulement à vous ouyr parler,
Ie sens que tout d'horreur mon cœur se va geler.

La Mere.

De là tombant à coup, dans des frayeurs plus viues
Il m'a semblé d'errer aux infernalles riues,
Ou d'vne nuict plus noire encore m'aueuglant,
I'ay rencontré d'abord vn corps pasle & sanglant
Qui me representoit d'vn obiect lamentable,
De ma fille Thisbé, le pourtraict veritable,
Ce corps auoit le sein de trois grands coups ouuert,
Qui teignoit le linceul dont il estoit couuert,
Aussi tost que ses yeux ont cogneu mon visage,
Quoy qu'ils ne fussent plus que d'ombre & de nuage,
M'eslançoient des regards auec vn tel effort,
Qu'ils me sébloient des traicts que decochast la mort
Puis m'approchát me dit d'vne voix aigre & forte
Que cherche-tu tigresse, &, bien me voila morte,
Tu viens donc inhumaine en ces bords malheureux,
Pour encor espier nos esprits amoureux

Et me prenant la main tire hors de ma place,
Pour me monstrer Pyrame estendu sur la glace,
Qui par le mesme endroit d'autant de coups blessé,
Monstroit qu'vn mesme esprit l'auoit aussi poussé,
Voy dit-elle barbare en ce piteux spectacle,
Dequoy nous à seruy ton enuieux obstacle,
Qui te meut de venir troubler nostre amitié,
Icy nostre destin abhorre ta pitié,
L'Enfer plus doux que toy laisse viure nos flame,
Va ne reuiens iamais importuner nos ames,
Là son bras ma poussée, alors tout en sursaut
Ie me suis esueillée auec vn cry fort haut,
N'est-ce pas la dequoy me donner de l'ombrage?

La Confidente.

Mais bien dequoy troubler le plus hardy courage.

La Mere.

Vrayement ie me repens d'auoir tenté si fort
Vne si bonne fille, & cognois que i'ay tort,
Ie veux d'oresnauant d'vne bride moins forte
Retenir les desirs ou son aage la porte.

La Confidente.

Madame il est bien vray, qu'vn peu moins rudement
Vous la gouuernerez bien plus commodément,
Comme elle est de bon sang elle a l'humeur altiere,
La force en vn bon cœur fait moins que la priere,
En cet aage à peu pres il me souuient qu'vn iour,
Mon Pere me voulut destourner d'vn Amour,
Qu'il iugeoit peu sortable, & moy bien à ma sorte,

La deſſence rendit ma paſſion ſi forte,
Que dedans peu de iours il veit bien qu'il falloit,
A la fin s'accorder à ce qu'Amour vouloit,
Ny le reſpect d'autruy, ny noſtre ame elle-meſme,
Ne ſe peut empeſcher de ſuiure ce qu'elle ayme.

La Mere.

Aſſeure toy d'auoir deſormais le plaiſir,
De me voir indulgente à ſon ieune deſir.

SCENE III.

THISBE', SEVLE.

DEeſſe de la nuict, Lune mere de l'ombre,
Me voyant arriuer ſous ce fueillage ſombre,
Tiens toy dans ton ſilence, & ne t'offence pas,
De l'Amour effronté qui guide icy mes pas,
Ne me regarde point pour enuier mon aiſe,
C'eſt aſſez qu'icy bas Endimion te baiſe,
Et ſans me quereller d'aucun ialoux ſoupçon,
Demeure toute ſeule auecques ton garçon,
Et croy qu'en ce deſſein que mon Amour hazarde,
Ie n'ay d'intention pour rien qui te regarde,
Celuy qui maintenant me fait icy venir,
N'a que trop dans ſes yeux dequoy m'entretenir.
Et toy Sacré ruiſſeau dont le plaiſant riuage,
Semble plus accoſtable en ce qu'il eſt ſauuage,
Redouble à ma faueur le doux bruit de ton cours,

Tant que tous les Siluains en puissent estre ouys,
Et que la vaine Escho de ton bruit assourdie,
Mes amoureux propos à ces bois ne redie,
Mais non, va doucement de peur de resueiller
Les Nimphes de tes eaux, laisse les sommeiller,
L'onde ne leur met pas tant de froideur dans l'ame,
Qu'elle ne s'embrasast en regardant Pirame,
Mais quoy? ce paresseux est encor à venir,
Ie ne sçay quel subiet le peut tant retenir,
Il a bien de l'Amour, mais il n'est pas possible,
Qu'il le ressente au poinct, ou ie me voy sensible:
Ie ne le dis qu'à vous, ruisseaux, antres, forests,
A qui mesme Diane à commis ses secrets,
A ma faueur, Escho commande à ceste roche,
De lui toucher vn mot d'vn amoureux reproche,
Mais n'oy-ie pas de loin ce semble vn peu de bruit,
I'entreuoy la clarté comme d'vn œil qui luit,
Helas! qu'ay-ie, apperceu Dieux l'effroyable beste,
Vn Lion affamé qui cherche icy sa queste,
Fuy Thisbé les horreurs d'vn si mauuais destin,
Dieux! que Pirame au moins n'en soit pas le butin.

ACTE CINQVIESME.

SCENE I.

PYRAME, SEVL.

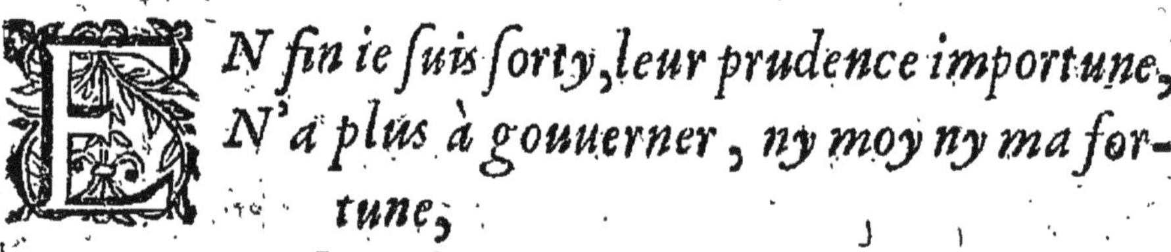

EN fin ie suis sorty, leur prudence importune,
N'a plus à gouuerner, ny moy ny ma fortune,
Mon ame ne suit plus que le flambeau d'Amour,
Dans mon aueuglement ie trouue assez de iour,
Belle nuict qui me tends tes ombrageuses toiles
Ha! vrayement le Soleil vaut moins que tes estoilles
Douce & paisible nuict tu me vaust desormais
Mieux que le plus beau iour ne me valut iamais,
Ie voy que tous mes sens se vont combler de ioye,
Sans qu'icy nul des Dieux ny des mortels me voye.
Mais me voicy desia proche de ce tombeau
I'apperçoy le Meurier, i'entends le bruit de l'eau,
Voicy le lieu qu'Amour destinoit à Diane,
Icy ne vint iamais rien que moy de prophane,
Solitude, silence, obscurité, sommeil,
N'aue -vous point icy veu luire mon Soleil?

Ombres, ou cachez-vous les yeux de ma maistresse,
L'impatient desir de sçauoir me presse:
Tant de difficultez m'ont tenu prisonnier,
Que ie mourois de peur d'estre icy le dernier,
Mais à ce que ie voy, ie m'y rends à bonne heure,
Puis qu'encore en son lict, mon Aurore demeure,
Attendant qu'elle arriue icy bien à propos,
Le reste de la nuict m'offre son doux repos,
Mais pourrois-ie dormir en mon inquietude,
Quelque sommeil qui regne en ceste solitude,
Depuis que ie la sers, Amour m'a bien instruit,
A passer sans dormir les heures de la nuict,
Le murmure de l'eau, les fleurs de la prairie,
Cependant flatteront vn peu ma resuerie,
O fleurs si vos esprits iamais se transformans,
Despoüillerent les corps des malheureux Amans,
S'il en est parmy vous, qui se souuienne encore,
D'auoir souffert ailleurs qu'en l'Empire de Flore,
Doux obiects de pitié ne soyez point ialoux,
Si la faueur d'Amour m'a traicté mieux que vous,
Et si du temps passé le souuenir vous touche,
Prestez-nous sang regret vostre amoureuse couche,
Mais desia la rosee à vos tapis moüillez,
Que, di-ie, c'est du sang qui vous les a soüillez?
D'où peut venir ce sang, la trouppe sanguinaire,
Des Ours, & des Lions, vient icy d'ordinaire:
Vne frayeur me va dans l'ame repassant,
Ie songe aux cris affreux d'vn Hibou menaçant,

Qui m'a tousiours suiuy, ces ombrages nocturnes,
Augmentent ma terreur & ces lieux taciturnes.
Dieux! qu'est-ce que ie voy, i'en suis trop esclarcy,
Sans doute vn grand Lyon a passé par icy,
I'en recognois la trace, & voy sur la poussiere.
Tout le sang que versoit sa gueulle carnassiere:
O Ciel! en quelle horreur en fin suis-ie tombé,
Detestable i'arriue aux traces de Thisbé,
Ces traces que ie voy son pied les a formées,
Et celles du Lyon pesle mesle imprimées,
Parmy cela du sang abondamment espars,
Hà! ie ne voy qu'horreur, que morts de toutes parts,
Il n'en faut plus douter mon œil me dit ma perte,
Iustes Dieux se peut-il que vous l'ayez soufferte?
Mais vous n'ē sçauiez riē, vous estes de faux Dieux
C'est moy qui l'ay conduite en ces coulpables lieux,
Moy traistre qui sçauois qu'aupres de ceste source,
Les Ours, & les Lyons font leur sanglante course,
Que la commodité de ce frais abbreuoir,
Et de ce lieu desert, tousiours les y fait-voir,
Infame criminel & desloyal Pirame,
Qu'as-tu fait de Thisbé, qu'as-tu fait de ton ame,
Comment me suis-ie ainsi de moy-mesme priué?
Elle m'a preuenu, le iour est arriué,
Voy-ie pas que l'Aurore en sa pointe premiere,
Espanche au Ciel ouuert sa confuse lumiere,
Soleil voudrois-tu luire apres cet accident?
Cherche pour te cacher vn plus noir occident,

Toutesfois monstre toy, tu le pourras sans onte,
Il n'est plus de Soleil çà bas qui te surmonte,
Thisbé n'est plus au monde, ô bel arbre, ô rocher,
O fleurs en quel endroit me la faut-il chercher?
Beau cristal innocent dont le miroir exprime,
Sur mon front paslissant l'image de mon crime,
Toy qui dessus tes bords la voyois deschirer,
N'en as-tu quelque membre au moins sceu retirer?
Traistre tu n'as serui qu'à raffreschir la gueulle,
Du lion luy laissant ma Thisbé toute seule,
Mais pourquoy les cailloux veux-ie icy quereller,
C'est à mon imprudence à qui ie dois parler,
C'est à mes cruautez à qui ie dois la peine,
De la mort la moins iuste, & la plus inhumaine,
C'est moy de qui les bras l'a deuoient secourir
Et qui ne l'ont pas fait, c'est moi qui dois mourir,
Sortez à ma faueur de vos demeures creuses
Pour deschirer ce corps, venez trouppes affreuses,
Mon iuste desespoir vous presse, il vous attend,
Sans deffense vn butin ce pauure corps vous tend,
Cruels ne cherchez point que dans les Bergeries,
Quelque innocent Aigneau, s'immole à vos furies,
Destournez desormais le cours à vos larcins,
Mangez les criminels, tuez les assassins,
En toy Lion, mon ame a fait ses funerailles,
Qui digeres desia mon cœur dans tes entrailles,
Reuiens & me fais voir au moins mon ennemi,
Encores tu ne m'as deuoré qu'à demi,

Acheue ton repas, tu seras moins funeste,
Si tu m'es plus cruel, acheue donc ce reste,
Oste moy le moyen de te iamais punir,
Mais ma douleur te parle en vain de reuenir,
Depuis que ce beau sang passe en ta nourriture,
Tes sens ont despoüillé leur cruelle nature,
Ie croy que ton humeur change de qualité,
Et qu'elle a plus d'amour que de brutalité,
Depuis que sa belle ame est icy respanduë,
L'horreur de ces forests est à iamais perduë
Les Tygres, les Lyons, les Pantheres, les Ours,
Ne produiront icy que de petits Amours,
Et ie croy que Venus verra bien tost escloses,
De ce sang amoureux mille moissons de roses,
Mon sang dessus le sien par icy coulera,
Mon ame auec la sienne icy se meslera;
Qu'il me tarde desia que mon ombre n'arriue,
Reioindre son esprit sur la mortelle riue:
Au moins si ie trouuois d'vn chef-d'œuure si beau,
Quelque saincte relique à mettre en vn tombeau,
Ie ferois dans mon sein vne large ouuerture,
Et sa chair dans la mienne auroit sa sepulture,
Toy son viuant cercueil, reuiens me deuorer,
Cruel Lyon reuiens, ie te veux adorer:
S'il faut que ma Deesse en ton sang se confonde,
Ie te tiens pour l'Autel le plus sacré du monde,
O Dieux! si ie ne voy rien d'elle à mon trespas,
Au moins ie baiseray la trace de ses pas,

Et ma léure en ſuiuant ceſte ſanglante route,
Cent fois rebaiſera ſon beau ſang goutte à goutte,
Ah! beau ſang precieux qui tout froid & tout mort
Faites dedans mon ame encore vn tel effort,
Vous auez donc quitté vos delicates veines,
Pour acheuer en fin vos tourmens, & mes peines,
Puis que le ſort me dit que vous l'auez voulu,
Il ne m'y verra pas moins que vous reſolu,
Mais que trouuay-ie icy? ceſte ſanglante toille,
A la pauure deffuncte auoit ſerui de voile,
O trop cruel teſmoin de mon dernier malheur,
Teſmoin de mon forfait ſois-le de ma douleur,
Mais quoy dedans l'obiect d'vn ſort ſi deſplorable,
Sanglant & deſchiré tu m'es encor aimable,
Le faut-il adorer, il le faut ie le veux,
Il a touché iadis l'or de ſes blonds cheueux,
Ce voile à nos amours preſtant ſon chaſte vſage,
Deffendoit au Soleil de baiſer ſon viſage,
Il fut en ma faueur ſoigneux de ſon beau teint,
Sois tu doreſnauant reueré comme Sainct,
Et qu'en faueur du ſang qui peint noſtre infortune
La nuict te daigne mettre auec ſa robbe brune,
Mais ie croy que mon cœur ſe flatte en ſa langueur,
Il eſt temps que ma vie acheue ſa rigueur,
Au deſſein de mourir dois-ie chercher qui m'aide,
Rien que ma main ne s'offre à ce dernier remede,
Terre ſi tu voulois t'ouurir deſſous mes pas,
Tu me ferois plaiſir, mais tu ne le fais pas.

Il semble que ton flanc d'auantage se serre,
Dieux! si vous me vouliez enuoyer le tonnerre
Ie vous serois tenu, mais ô propos honteux,
Mon trespas à m'ouyr est encore douteux,
Mon desespoir encor en moy se delibere,
Mais l'estourdissement non la peur le differe:
Voicy dequoy venger les iniures du sort,
C'est icy mon tonnerre, et mon gouffre, & ma mort:
En despit des parens, du Ciel, de la Nature,
Mon supplice fera la de fin ma torture,
Les hommes courageux meurent quand il leur plaist,
Aime ce cœur Thisbé, tout massacré qu'il est,
Encor vn coup Thisbé par la derniere playe,
Regarde la dedans si ma douleur est vraye.

SCENE II.

THISBE' SEVLE.

A Peine ay-ie repris mon esprit & ma voix,
Ceste peur m'a faict perdre vn voile que i'auois
Et m'a fait demeurer assez long temps cachée,
Possible mon amant m'aura depuis cherchée,
Il doit estre arriué s'il n'a perdu le soin,
De me venir trouuer, car le iour n'est pas loin,
Ie n'entends plus que l'eau que verse la fontaine,
Le silence profond me rend assez certaine
Que ie puis approcher la tombe, ou cependant

Mon Pyrame languit sans doute en m'attendant,
La beste qui cherchoit l'eau de ceste vallée
Ayant esteint sa soif, ores s'en est allée,
Autrement i'entendrois qu'elle feroit du bruict,
Et ses yeux brilleroient au trauers de la nuict,
O nuict ie me remets en fin sous ton ombrage,
Pour auoir tant d'amour, i'ay bien peu de courage:
Mais ou mon œil s'abuse en vn obiet trompeur,
Voicy dequoy rentrer en ma premiere peur,
Vne subite horreur me prend à l'impourueuë,
Et si l'obscurité peut asseurer ma veuë,
Vn augure incertain, mes soupçons ne dément,
Certains pas dans les miens meslez confusément,
Ceste place par tout sanglante & si foulée,
Monstre qu'icy la beste à sa fureur saoulée,
Dieux! ie voy par la terre vn corps qui semble mort
Mais pourquoy m'effrayer, c'est Pyrame qui dort,
Pour diuertir l'ennuy de son attente oisiue,
Il repose au doux bruit de ceste source viue,
Ce sera maintenant à luy de m'accuser
Mais ce lieu dur & froid, mal propre à reposer,
Que desia la rosee a rendu tout humide,
M'oblige à l'esueiller, Dieux! que ie suis timide,
I'ay son contentement & son repos si cher,
Que ma voix seulement a peur de le fascher,
Il dort si doucement qu'on ne sçauroit à peine,
Discerner parmy l'air le bruit de son haleine, (main,
Mais d'où vient qu'immobile, & froid dessous ma
Il semble mort, Pyrame ô Dieux! i'appelle en vain,

Il ne respire plus, ce beau corps est de glace,
Helas! ie voy la mort peinte dessus sa face,
D'vne eternelle nuict son bel œil est couuert,
Ie voy d'vn large coup son estomac ouuert,
Hé! ne meurs pas si tost, ouure vn peu la paupiere,
Respire encore vn coup ie mourray la premiere:
Ne t'en vas point sans moy, ne me fais point ce tort,
Tu ne me respons rien mon cœur tu n'es pas mort,
Les Dieux ne meurent point la nature est trop sage,
Pour laisser ruiner son plus aimable ouurage,
Mais, ô foible discours, ô faux soulagement,
La perte que ie fais m'oste le iugement,
Pyrame ne vit plus, hà ce souspir l'emporte,
Comment s'il ne vit plus & ie ne suis pas morte?
Pyrame, s'il te reste encor vn peu de iour,
Si ton esprit me garde encore vn peu d'Amour,
Et si le vieux Charon touché de ma misere,
Retarde tant soit peu sa barque à ma priere,
Attends moy ie te prie, & qu'vn mesme trespas,
Acheue nos destins, ie m'en vay de ce pas;
Mais tu ne m'attends point, & si peu que ie viue
En ce dernier deuoir mon sort veut que ie suiue:
Coulpable que ie suis de ceste iniuste mort,
Malheureux criminel de la fureur du sort,
Quoy? ie respire encore & regardant Pyrame
Trespassé deuant moy ie n'ay point perdu l'ame:
Ie voy que ce Rocher s'est esclatté de dueil,
Pour respandre des pleurs pour m'ouurir vn cercueil

Ce ruisseau

Ce ruisseau fuit d'horreur qu'il a de mon iniure,
Il en est sans repos, ses riues sans verdure,
Mesme au lieu de donner de la rosee aux fleurs,
L'Aurore à ce matin n'a versé que des pleurs,
Et cet arbre touché d'vn desespoir visible,
A bien trouué du sang dans son tronc insensible,
Son fruict en a changé, la Lune en a blesmy,
Et la terre à sué du sang qu'elle a vomy,
Bel arbre puis qu'au monde apres moy tu demeures,
Pour mieux faire paroistre au Ciel tes rouges meures
Et luy monstrer le tort qu'il a fait à mes vœux,
Fay comme moy de grace, arrache tes cheueux,
Ouure toy l'estomach & fay couler à force,
Ceste sanglante humeur par toute ton escorce,
Mais que me sert ton dueil? rameaux, prez verdis-
sans,
Qu'à soulager mon mal vous estes impuissans,
Quand bien vous en mourriez on voit la destinée,
Ramener vostre vie en ramenant l'année,
Vne fois tous les ans nous vous voyons mourir,
Vne fois tous les ans nous vous voyons fleurir,
Mais mon Pirame est mort sans espoir qu'il retourne
De ces pasles manoirs ou son esprit seiourne,
Depuis que le Soleil nous voit naïstre & finir
Le premier des deffuncts est encor à venir,
Et quand les Dieux demain me le feroient reuiure,
Ie me suis resoluë auiourd'huy de le suiure,
I'ay trop d'impatience & puis que le destin,

De nos corps amoureux fait son cruel butin,
Auant que le plaisir que meritoient nos flammes,
Dans leurs embrassemens ait peu mesler nos ames,
Nous le ioindrons là bas & par nos saincts accords,
Ne ferons qu'vn esprit de l'ombre de deux corps,
Et puis qu'à mon subiet sa belle ame sommeille
Mon esprit innocent luy rendra la pareille,
Toutesfois ie ne puis sans mourir doublement,
Pyrame s'est tué d'vn soupçon seulement,
Son amitié fidelle vn peu trop violente,
D'autant qu'à ce deuoir il me voyoit trop lente,
Pour auoir soupçonné que ie ne l'aimois pas,
Il ne s'est peu guerir de moins que du trespas.
Que donc ton bras sur moy dauantage demeure
O mort, & s'il se peut que plus que luy ie meure,
Que ie sente à la fois, poison, flammes, & fers,
Sus, qui me vient ouurir la porte des Enfers,
Hà! voicy le poignard qui du sang de son Maistre.
S'est soüillé laschement, il en rougit le traistre,
Execrable bourreau si tu te veux lauer
Du crime commencé, tu n'as qu'à l'achéuer,
Enfonce la dedans, vend toy plus rude & pousse,
Des feux auec ta lame, helas! elle est trop douce,
Ie ne pouuois mourir d'vn coup plus gracieux,
Ny pour vn autre obiect hayr celuy des Cieux.

Fin de la seconde partie.

www.ingramcontent.com/pod-product-compliance
Ingram Content Group UK Ltd.
Pitfield, Milton Keynes, MK11 3LW, UK
UKHW021016200726
13857UKWH00004B/1478